Michelle Janßen

Leahs Geschichte

AF190387

Michelle Janßen

Leahs Geschichte

NOVELLE

Bibliografische Information der Deutschen Nationalbibliothek:
Die Deutsche Nationalbibliothek verzeichnet diese Publikation
in der Deutschen Nationalbibliografie; detaillierte bibliografische
Daten sind online unter http://dnb.dnb.de abrufbar.

Herstellung und Verlag:
BoD – Books on Demand, Norderstedt

ISBN: 978-3-7481-6815-7

Für Julia und Linda und Max.

Ihr wisst wieso.

Sie saß am Ufer des Flusses und sah dem Wasser dabei zu, wie es die Realität verzog. Illusion spielte mit der Wirklichkeit. Hinter ihr grollte der Donner.

Immer weniger Menschen liefen die Uferpromenade entlang. Sie blickte zum grauen Himmel empor und wartete. Als der erste Regentropfen auf ihrem Gesicht aufkam, dachte sie, dass dies einen tollen Anfang für ihren Roman abgeben würde.

Leah stand vor ihrer Tür und wartete, bis die Nachbarn endlich wieder in ihren Wohnungen verschwanden. Frau Strehle und ihre Katze führten immer genau dann einen Plausch mit Herrn Hofer von oben, wenn Leah kurz in den Hof musste.

Die Mülltüte in ihrer Hand raschelte verräterisch. Sie wusste, dass die beiden draußen sie nicht hören konnten, doch hielt sie den Atem an. Ihr Herzschlag war lauter als die Stimmen der Nachbarn. Sie sah sie vor sich. Herr Hofer mit seiner runden Brille, die schütteren, ergrauten Haare auf der Kopfhaut. Leberflecken, deutlich sichtbar, Ansammlungen von Pigmenten und toter Haut. Alles an ihm schrie nach Tod. Frau Strehle mit dem Kopftuch und ihrer alten, roten Katze auf dem Arm. Leah erinnerte sich nicht daran, jemals ihren Namen erfahren zu haben. Vielleicht hatte sie auch keinen. Es gefiel ihr, sich vorzustellen, das Tier sei namenlos. Namen zeigten immer Besitz an. Und Bindung. Leah kannte sich mit keinem von beidem sonderlich gut aus.

Endlich hörte sie das Seufzen, welches Herr Hofer ausstieß, wenn er nicht mehr reden konnte. Der alte Mann hatte sein Limit erkannt und wälzte sich mühsam die Treppe hinauf. Leah konnte die schleifenden Schritte hören und stellte sich vor, dass wohl auch sein Herz schleifend und schnaufend in seiner Brust pochte.

Ihre Nachbarin verharrte noch einige Zeit auf der Fußmatte, dann ertönte das erlösende Klicken der Haustür und Leah erlaubte sich, wieder zu atmen. Ihr Herzschlag beruhigte sich und sie drängte die Wut zurück. Wut darüber, dass sie es nicht schaffte, vor die Tür zu gehen, wenn andere sie sehen konnten. Jeden Morgen machte sie sich zurecht, schminkte sich, trug roten Lippenstift auf, als würde sie weggehen. Und dann behielt sie das Ergebnis für sich und wartete, bis ihre Nachbarn fort waren, um hinaus zu gehen.

Der Griff des Müllbeutels schnitt in die Handflächen und sie war froh um den Schmerz. Er riss sie aus Gedanken, die sie eigentlich nicht haben wollte. Das war der Nachteil daran, allein zu sein. Niemand konnte einen davon abhalten, zu denken.

Sie schaffte es in den Innenhof, ohne gesehen zu werden. Der bekannte Gestank zog ihr in die Nase und benebelte ihr Gehirn. Altes Katzenfutter vermischte sich mit dem Geruch von Urin und Essensresten. Es wohnten viele alte Menschen im Haus. Davon ließen sich einige Essen von Hilfsorganisationen liefern. Die fertigen Portionen waren meist zu groß für die Alten und der Geruch von Verwesung mischte sich mit dem der Reste.

Leah fragte sich, wie man ohne Weiteres in die düsteren, stinkenden Wohnungen ihrer Nachbarn gehen konnte, das Lächeln tief auf dem Gesicht eingebrannt. Das Essen abstellen, einen kurzen Plausch halten. Sie würgte.

Schnell lud sie den Müllsack ein. Er war schwer. Sie hatte diese Woche viel gekocht. Schalen und Innereien von Gemüse und Obst mischten sich zu einem bunten, verrottenden Haufen. Leah aß kaum Fleisch. Früher mochte sie es, Fleisch zu kochen. Jetzt hatte sie das Gefühl, der Geruch von Tod klebe an ihren Händen, wann immer sie auch nur darüber nachdachte. Das Gebäude stank nach Tod, sie konnte nicht ertragen, den Geruch auch noch in ihre Wohnung, an ihren Körper zu lassen.

Auf dem Weg zurück begegnete sie Eliah. Der Student wohnte mit seiner Freundin neben Herrn Hofer.

»Du siehst gut aus!«, grüßte er. Leah biss sich auf die Wange.

»Gehst du heute Nachmittag weg?«

Ein Gespräch. Sie erinnerte sich daran, doch es fühlte sich komisch an. Als müsste sie ein Programm starten, um etwas zu antworten. Wäre sie doch ein Computer. Das würde einiges leichter machen.

»Danke und nein.« Die Worte fühlen sich an, als lägen sie quer auf ihrer Zunge. Leah fragte sich, ob er wusste, wie unangenehm ihr dieser Austausch war. Wenn ja, überspielte er es gut.

»Hab trotzdem einen schönen Tag!« Eliah grinste breit. Fröhlichkeit sprudelte aus seinen Augen.

»Danke.« Ihr Körper beschloss zu lächeln. Er sah gut aus. Dunkle Haare, helle Augen. Eine schöne Kombination, dachte sie. Dann ging sie geradeaus in ihre Wohnung. Als die Türe hinter ihr zufiel, zitterten ihre Hände.

Ihr Vater hatte eine Nachricht gesendet. Sie sah das Handy

auf dem Küchentisch leuchten. Die Sonne schien, doch alles in ihr wehrte sich, es wahrzunehmen. Denn dann würde sie keinen Grund mehr haben, nicht nach draußen zu gehen. Schon komisch, dass sie sich als erwachsene Person so vorkam, als bräuchte sie die Erlaubnis von jemandem, ihren Tag so zu verbringen, wie sie es wollte. Du darfst drinnen bleiben, sagte sie sich. So einfach war es mit dem Sagen. Daran zu glauben, stellte das Problem dar. Mit dem Handy verhielt es sich ähnlich. Wenn sie es nicht ansah, wusste sie nichts von den verpassten Nachrichten. Doch nun hatte sie es leuchten sehen.

Sie hasste es, nicht zu wissen, was sie schreiben sollte. Aber mehr noch hasste sie telefonieren. Beim Schreiben hatte sie mehr Kontrolle. Emotionen waren leichter vorzutäuschen. Trotzdem brauchte sie einige Minuten dafür, eine Antwort zu formulieren. Noch etwas, dass am Telefon nicht ging. Sich Zeit lassen, bevor man etwas erwiderte. Das machte das Schweigen schwerer.

Als sie fertig war, fühlte sie sich müde. Mittag war gerade durch und sie überlegte, wieder schlafen zu gehen. Stattdessen stand sie auf und inspizierte den Kühlschrank. Ihr Magen knurrte, aber nichts sprach sie an. Sie entschied sich schließlich für etwas Brot und Tee. Der Gedanke an richtiges Essen drehte ihr den Magen um. Der scharfe Geruch des Ingwers vertrieb Tod und die Verwesung aus der Nase.

Sie setzte sich an den Schreibtisch und starrte auf den dunklen Bildschirm. Arbeit, das würde helfen. An der Wand hing ein Bilderrahmen, der nur ein weißes Blatt enthielt. Darauf hatte sie mit Glasmarkern aktuelle Termine notiert. Ansonsten war die Wand leer.

Sie öffnete das Schreibprogramm und wartete, bis ihre Finger die Tastatur fanden. Sie musste immer warten, bis sich die Worte einstellten. Dann versank sie in ihren Geschichten und Leben floss ihr aus den Fingern. Eines, das sie vielleicht auch hätte leben können. Menschen, die sie hätte sein können. Es erschien ihr ironisch, dass jemand wie sie Schriftstellerin war.

Zugleich verstand sie, dass nicht Menschen mit einem breiten, vollen Leben schrieben, sondern jene, die eher vor dem Leben flüchteten. Über all das zu schreiben, was man eigentlich lieber tun würde. Der eigene Mangel beeinflusste dann die Persönlichkeit des Werkes. Manchen Autoren mangelte es an Zeit, manchen fehlte das Geld. Andere wurden durch Familie oder feste Bindungen daran gehindert, einfach mal durch die Raumzeit zu reisen oder eine epische Quest zu bestreiten.

Dass vieles einfach nicht menschenmöglich war, glaubte Leah nicht. Alles war machbar, wenn man nur wusste wie.

Sie schloss das Programm und zog die Jacke an. Nachmittags waren viele Leute draußen, der Wald war dann am schönsten. Wenn der Bach sich träge durch das Unterholz wand und das bunte, frisch gefallene Laub unter ihren Füßen raschelte. Die Erinnerung daran trieb sie an. Draußen empfing sie ein frischer Wind. Und Frau Strehle, die aus der Stadt kam. Unter ihrem Arm klemmten Postumschläge und sie trug eine helle Plastiktasche. Leah mochte keine Plastiktaschen. Ebenso wenig mochte sie Menschen, die sie nutzen.

»Ah, Leah.« Sie erinnerte sich nicht daran, Frau Strehle jemals ihren Namen angeboten zu haben. Alte Menschen, so kam es ihr vor, schienen solche Dinge einfach zu wissen.

Ihre Nachbarin lächelte, doch nichts in ihrem Gesicht deutete darauf hin, dass es freundlich gemeint war. Lächeln ist auch nur eine Möglichkeit, jemandem die Zähne zu zeigen, dachte Leah. Sie lächelte zurück.

»Kommen Sie aus der Stadt?« Eine nutzlose Frage, welche sie sich schon selbst beantwortet hatte, doch Leah fragte sie trotzdem. Unterhaltung nannte man das.

Frau Strehle sah sie an, als hätte sie kein Recht ihr diese Frage zu stellen. Wie oft hatte die Nachbarin schon in Leahs Angelegenheiten herumgestochert und sie mit geistlosem Gerede gequält? Leah fragte sich, ob das Ekel in ihrem Gesicht war. Oder Wut? Sie konnte sich gut vorstellen, dass ihre Nachbarin wütend war.

Auf das Leben und sich selbst. Aber dafür müsste sie reflektiert sein und daran glaubte Leah nicht. Frau Strehle war eher wütend auf andere. Sie war die Art Person, die andere für ihre Fehler verantwortlich machte.

»Ja«, sagte sie schließlich. Es klang, als wäre ihre Kehle trocken. Leah wusste nicht, wie viel Zeit vergangen war, seit sie die Frage gestellt hatte. Sie ging an ihrer Nachbarin vorbei, ohne noch etwas zu sagen.

Sie wusste, dass dies nun wieder zum Tratsch werden würde. Nichts, was sie tat, war je gut genug für die anderen Bewohner des Hauses. Sie lebte schon lange nicht mehr für sich, sondern für andere.

Sie verhielt sich wie jemand anderes für ihre Nachbarn, antwortete schneller, als sie wollte, damit sich niemand Sorgen machte. Sogar die Geschichten, mit denen sie aus ihrer Existenz fliehen konnte, schrieb sie für andere Leute. Sie konnte sich in ihrem Haus nicht frei bewegen, nicht ein und ausgehen wie sie wollte, nicht schreiben und träumen, was sie wollte. Was konnte sie also?

Der Wald empfing sie mit stillem Verständnis und hielt ihre Gedanken davon ab, noch mehr Schaden anzurichten. Leah musste sich abhalten, eine Begrüßung zu wispern. Sie wunderte sich, ob sie die Einzige war, deren bester Freund aus Rinde und Blättern bestand.

Ein Fluss gurgelte satt vor sich hin, als sie sich ihren Weg bahnte. Sie mochte die angelegten Wege nicht. Sie wollte den Wald so sehen, wie er war. Nicht wie Tausende vor ihr ihn bereits erlebt hatten. Es fühlte sich besonders an, nicht zu wissen, wann das letzte Mal jemand genau dieselbe Sicht auf die Umgebung gehabt hatte wie sie heute. Ob an diesem Platz wohl überhaupt schon einmal jemand verweilt hatte. Es musste doch Orte geben, an denen noch nie jemand gewesen war. Noch niemals jemand stand.

Eigentlich wollte sie gar nicht wissen, ob hier schon jemand entlanggekommen war. Wenn sie es nicht wusste, konnte sie sich alles vorstellen. Unwissen war manchmal viel wertvoller als Fakten.

Sie kam an eine kleine Lichtung und ließ sich auf einem umgefallenen Stamm nieder. Leah versuchte, nie zweimal denselben Ort zu finden. Auf diese Weise blieb jeder Ausflug in den Wald besonders. Manchmal grübelte sie, ob die Bäume um sie herum neue Wege formten und heimlich Lichtungen erschufen, um ihr frische Erlebnisse zu ermöglichen. Sie wünschte sich, es wäre so.

Erst als es dunkel wurde, machte Leah sich wieder auf den Heimweg. Nachts schickte der Wald ihre Gedanken fort und es wurde still. Das konnte sie gerade nicht ertragen.

Vor dem Haus stand ein Umzugswagen. Sie öffnete die Haustür und lauschte. Eine Tür fiel ins Schloss und der Wagen vor der Tür fuhr mit lautem Knattern an.

Etwas war anders. Die Zusammensetzung des Hauses fühlte sich verschoben an. Jemand Neues war eingezogen. Sie konnte es riechen.

Leah nahm zwei Treppen auf einmal, bis sie außer Atem vor ihrer Tür stand. Links wohnte Frau Strehle, rechts stand seit Monaten leer. Sie hörte, wie der neue Nachbar hinter der Tür verweilte und wartete. Bis ich fort bin, dachte Leah. Wie ich.

Für eine Sekunde überlegte sie zu klopfen. Sie könnte sich vorstellen, sagen, dass es ihr genauso ging mit anderen Menschen. Dann drehte sie sich um und verschwand in ihrer Wohnung. Die Person wollte allein sein, nicht gesehen werden. Sie konnte das verstehen. Leah überlegte. Würde sie es wissen wollen, wenn jemand sie verstünde?

Ja, dachte sie, war sich jedoch unsicher. Sie blickte zur Wand, die sie mit dem neuen Nachbarn teilte.

An dem Abend schrieb sie. Sie formulierte lange, elegante Sätze über die Person, die nun nebenan wohnte. Stellte sich vor, wie er oder sie wohl war.

Aus den Beschreibungen wurde ein Brief, aus dem Brief eine Geschichte. Sie schrieb das Leben von Max nieder. Den Namen hatte sie vom Briefkasten. Kein voller Name. Nur Max und dann ein generischer Nachname, den sie direkt wieder vergessen hatte. Sie selbst nannte sich Frida. Frida und Max. Max und Frida. Sie mochte die Musik, die die beiden Namen zusammen machten.

Es war ein Klang, der oft in ihrer Geschichte vorkam, denn zwischen den Wörtern traf sie Max. Richtiger, Frida traf Max. Denn sie war nicht Frida. Auch wenn sie es gerne gewesen wäre. Frida war mutig. Sie ging einfach zur anderen Wohnung und stellte sich vor. Max hatte blitzende blaue Augen und ein Lächeln, welches die Welt verändern konnte.

Sie wachte auf, als es draußen hell wurde. Die Welt war noch friedlich und still. Viel zu still. Doch Leah wollte keine Musik anmachen. Es hätte sich angefühlt, als würde sie sich selbst betrügen. Sie musste mit ihren Gedanken klarkommen, Musik oder den Fernseher anzumachen wäre kein faires Spiel.

Als sie die Fenster aufriss, roch sie den frühen Morgen. Tageszeiten hatten ihre ganz eigenen Gerüche und Gefühle. Von allen, die es gab, liebte sie »Nacht« und »Früher Morgen« am meisten. Nacht roch nach Restwärme und Tannennadeln, Morgen nach Tau und frischem Gras.

Leah schüttelte den Kopf über sich selbst und wanderte in Richtung Küche. Manchmal machten ihre Gedanken ihr Angst und manchmal verstand sie sich selbst einfach nicht.

Irgendwo zwischen Frühstück und Dusche fand sie sich vor dem Spiegel wieder. Sie starrte sich selbst entgegen und ihr fiel auf, wie müde sie wirkte. Dabei schlief sie genug. Aber ihre Müdigkeit ließ sich nicht durch Schlaf besiegen und Leah wusste das. Ehe sie weitere Kritikpunkte an sich finden konnte, machte sie sich lieber fertig.

Der rote Lippenstift war das Wichtigste. Leah fühlte sich nackt ohne ihn. Eigentlich fühlte sie sich immer nackt. Speziell vor anderen Menschen. Allein in der Wohnung konnte sie es vergessen, doch vor anderen reichte ein Blick und sie fühlte sich wie ein offenes Buch für jeden, der herkam und stöbern wollte.

Und sie sagte das als Autorin. Ein bitterer Scherz.

Als sie wieder am Schreibtisch saß, war es erst halb neun. Der Tag lag noch vor ihr. Sie könnte rausgehen, etwas erleben, beim neuen Nachbarn klingeln. Stattdessen schrieb sie, um die Geschichte zwischen Frida und Max fortzuspinnen.

Was Max wohl zu den Fragen sagen würde, die sie sich selbst immer wieder stellte? Wie selbstbestimmt ist man in einer Welt, in der man nur für andere lebt? Wie entkommt man aus einem Kreislauf, dessen Ausmaßen man sich nicht bewusst ist? Was kann man eigentlich?

Sie stoppte den Wortfluss und starrte auf ihre Hände. Ob sie überhaupt eine Geschichte rund um die Person nebenan schreiben sollte? Die Vorstellung, jemand nähme eine abgewandelte Version von ihr und machte sie zur Protagonistin eines Romans, missfiel ihr. Aber sie wusste ganz genau, dass sie weiterschreiben musste.

Max war schüchterner als Frida. Er hasste es, unter Menschen zu gehen. Frida zog ihn mit hinaus, in ein Café. Sie lachten viel. Frida tat alles, um dieses weltenerschütternde Lächeln zu sehen. Seine Zähne bedrohten sie nicht.

Leah sah Max vor sich. Kurze, braune Locken, leichte Lachfalten und dieses Lächeln. Sie erinnerte sich nicht daran, eine Figur jemals so genau im Kopf gehabt zu haben. Das war er doch, oder? Eine Figur und nichts weiter als das. Eine reine Illusion, ein Trugbild, eine Vorstellung. Max existierte nicht. Zumindest nicht in ihrer Version.

Diese Idee stimmte Leah so traurig, dass sie nicht weiterschreiben konnte. Frida, die nicht Leah war, und die unauthentische Kopie von Max waren glücklich zusammen. Aber nicht, weil sie gleich waren. Frida war nicht Leah und Max war nicht Max. Sie blickte auf die Uhr und beschloss, dass es Zeit für den Wald war.

Die Zeit im Wald verging und Leah kehrte in der Dämmerung zurück. Fast erwartete sie, die Türe neben ihrer zuschlagen zu hören. Doch war es still im Hausflur. Zu still. Sie wehrte das Nichts ab und kochte sich Tee. Hunger hatte sie keinen. Dann schrieb sie wieder. Sie konnte es nicht lassen. Selbst im Wald waren ihre Gedanken nur beim Text gewesen. Formulierungen, Ideen für Geschichten – Max ließ sie nicht mehr los.

Eine Geschichte, die erzählt werden will, wird nicht loslassen, bis sie niedergeschrieben ist, dachte Leah.

Erschöpft sank sie auf ihr Bett, doch wie schon im Wald, war es in ihrem Kopf zu laut. Ein neuer Satz. Sie stand auf, schrieb ihn nieder, legte sich wieder hin. Eine Idee. Sie stand auf, blieb diesmal direkt sitzen und lauschte in die Leere hinter ihrer Stirn.

Leah kochte frischen Tee und auf einmal waren sie wieder da, die Sätze. Also schrieb sie. Und wie.

Die Nacht flog vorbei. Sie bemerkte, wie es schon hell wurde. Die Sonne wanderte, Pausen gab es nicht. Wie denn, wenn sie in jeder freien Sekunde nur über die Geschichte nachdenken konnte. Fast vermisste Leah nun die Zeit, in der ihre Gedanken nur böse Stimmen waren, die an ihr herumpickten.

Kopfschmerzen breiteten sich über Stunden verteilt immer

weiter hinter ihrer Stirn aus. Als sie zu schlimm wurden, schaltete sie den Computer aus und kroch völlig entkräftet ins Bett. Es war beinahe schon wieder Abend. Die Geschichte war noch nicht fertig, doch schienen die Figuren in ihr endlich eine Pause zu brauchen. Als Leahs Kopf jetzt das Kissen berührte, waren sie still.

Frau Strehles Lachen ging einem durch Mark und Bein. Sie fletschte ihre Zähne, entblößte pinkes Zahnfleisch und gackerte dabei wild. Nicht viele Menschen schafften es, einen Ausdruck der Freude so falsch und trocken klingen zu lassen. Leahs Mundwinkel zuckten vor Ekel, wann immer sie ihre Nachbarin lachen hörte. Denn sie ahnte, dass wieder über sie geredet wurde.

Leah, die nie ihre Wohnung verlässt, außer um in den Wald zu gehen. Leah, die diese komischen Bücher schreibt. Leah, die nie Besuch hat.

Sie wusste, dass ihre Nachbarn recht hatten. Deshalb wurde sie nicht mehr wütend darüber. Stattdessen wurde Leah traurig. Doch heute war alles anders. Denn heute stand nicht sie im Kreuzfeuer zwischen Frau Strehles Lachen und der Spucke von Herrn Hofer, der seine DNS wie kleine Katapultgeschosse durch die Luft fliegen ließ, wann immer er sich amüsierte.

»Nicht einmal vorgestellt! Diese Generation von heute!« Das schrille Kreischen erfüllte den Hausflur. Die Frau von nebenan war heute auf Hochtouren. Natürlich, es zog ja nicht jeden Tag jemand Neues ein, über den man lästern konnte. Leah ballte ihre Hände zu Fäusten. Sie wusste, dass der neue Nachbar die beiden hören konnte. Sie selbst saß in ihrer Küche und vernahm den Tratsch der Woche von dort aus.

Vor ihr dampfte der Tee. Sie umschlang die Tasse mit beiden Händen und spürte die Hitze intensiv zwischen ihren Handballen. Leah zählte die Sekunden. Eins, zwei, drei, Lachen, vier, fünf, ein undeutlich auszumachender Kommentar, sechs, sieben, acht. Erst als es unerträglich wurde, ließ sie die Tasse los und stürmte mit pochenden Handflächen zur Wohnungstür.

»Hätten Sie beide die Freundlichkeit nicht vor der Haustür des neuen Nachbarn über diesen herzuziehen? Dass Sie sich nicht schämen! Und dann wundern Sie sich, dass man sich nicht bei Ihnen vorstellt? Das ist unmögliches Verhalten!«

Leah atmete schwer. Sie stand vor ihrer Tür und wartete. Die Worte in ihrem Kopf formuliert, ihre Zunge bereit, sie hinauszuschreien. Stattdessen stand sie schweigend da, eine Hand an der herrlich kühlen Klinke, die andere so fest zur Faust geballt, dass ihre Fingernägel in die verbrannte Haut schnitten.

Im Hausflur wurde es still. Die Nachbarn hatten sie vermutlich gehört. Leah lauschte auf ihre Schritte. Sie gingen in Frau Strehles Wohnung, um ihr kindisches Spiel dort fortzuführen.

Leah kehrte zurück in die Küche und schüttete den Tee weg. Dann kühlte sie ihre schmerzenden Hände und versuchte, nicht über ihre Feigheit nachzudenken. Kurz überlegte sie, in den Wald zu gehen. Sie legte den Kühlbeutel zur Seite und setzte sich an den Computer. Neue Worte wollten hinaus.

Frida schaffte es, Max zu verteidigen. Sie hatte keine Angst davor, sich ihren Nachbarn zu stellen. Einmal mehr wünschte sich Leah, sie könnte so sein wie ihre Figur. Stattdessen saß sie hier und dachte sich die Dinge aus, die Frida erlebte. Dinge, die sie mit Max unternahm.

Als sie abends im Bett lag bemerkte sie, dass sie sich die Wand hinter ihr teilten.

Eine Weile floss ihr Leben so vor sich hin. Sie schrieb, aß, pflegte sich, ging in den Wald. Ihr Vater meldete sich, aber er machte sich ständig Sorgen. Nichts Neues. Frau Strehle ging ihr neuerdings aus dem Weg und Leah fragte sich, ob sie ihren Wutanfall vielleicht doch gehabt hatte. Ob sie ihre Nachbarn gescholten hatte und es nur nicht mehr wusste.

Der Gedanke machte ihr Angst. Sie wollte nichts verpassen,

schon gar nicht, wenn es so wichtig war. Wenn sie im Wald saß, versuchte sie sich zu erinnern.

Die Tür fiel ins Schloss, jemand wartete hinter ihr. Der Umzugswagen rauschte. Die Wand zwischen ihr und Max starrte sie an. Weiß und kahl und leer.

Sie war Zuhause und schrieb. Der Weg zwischen Wald und Schreibtisch waberte verschwommen in ihrem Kopf herum, er war unwichtig. Das, was sie schrieb, erfüllte sie.

Max und Frida lagen auf einer Wiese und starrten in den Nachthimmel. Vielleicht war es auch ein Zimmer mit einem Fenster in der Schräge oder das Dach eines Wohnhauses. Leah war sich noch unsicher. Allgemein waren alle Parameter ungewiss, die nicht Max und Frida waren. Die Geschichte war egal, solange die beiden sich hatten.

Es war still unter den Sternen. Eine ruhige Nacht. Keine Wolke am Himmel. Leah blickte aus ihrem eigenen Fenster und runzelte die Stirn. Es war trocken, aber bewölkt. So etwas störte sie. Wie sollte sie die Szene mit Leben füllen, wenn ihre Umwelt ihr die Inspiration verwehrte? Auch Max verwehrte ihr den Zugriff auf ihn und Leah seufzte. Nicht, dass es seine Schuld war.

»Was denkst du?«, fragte Frida in die Nacht hinein. Flimmernd und flirrend lag die Hitze in der Luft. Es war Spätsommer.

Max antwortete nicht. Leah legte den Kopf schief und überlegte, wie sie reagieren würde. Vermutlich würde sie ebenfalls still bleiben. Aber Frida nicht.

»Max?« Sie sah zu ihm hinüber.

»Ich überlege seit zehn Minuten, ob ich dich küssen darf.«

Frida blickte wieder in den Himmel. »Wieso fragst du nicht einfach?«

»Machen Menschen das denn? So etwas fragen?«

»Ich glaube«, sie überlegte einige Sekunden, »ich glaube, dass Menschen wie du es tun. Und dass es gut so ist. Mich stört es nicht.«

»Frida«, sagte Max, »ich weiß nicht, wie ich ohne dich leben konnte.«

»Du bist immer so melodramatisch«, antwortete Frida, konnte sich das Lächeln jedoch nicht verkneifen. Sie lächelte viel, wenn sie bei Max war. Er tat ihr gut.

»Nein, ich meine das ernst.«

Sie runzelte die Stirn. »Das ist Blödsinn! Du brauchst mich nicht, um zu leben.«

Max starrte auf den Boden. »Leben und am Leben sein, sind zwei verschiedene Dinge, Frida.«

Leah speicherte und schloss das Programm. Ihre Hände zitterten. Sie fühlte sich so schwach, als hätte sie Fieber. Ihre Stirn war eiskalt. Der Bildschirm wurde dunkel, doch Leah sah die Buchstaben, wie sie in der Dunkelheit vor ihrem inneren Auge umhertanzten, sie verhöhnten.

Du musst damit aufhören, dachte sie. Es macht dich kaputt. Du kannst diese Geschichte nicht schreiben!

Schlimm genug, dass sie wortreich über ihren Nachbarn fantasierte, den sie noch nicht einmal gesehen hatte. Nein, sie betrat diese Ecke in ihrem Kopf, die ihr zu lange verboten gewesen war. Verschlossen, der Schlüssel fort. Keine Gefühle mehr, keine langen Gespräche auf einem Hausdach, oder einer

Wiese oder unter einem verdammten Fenster mit Aussicht in die Unendlichkeit!

Leah fegte einen Stapel ordentlich sortierter Notizen vom Tisch. Es folgten Stifte und einige Münzen, die klackernd auf das Parkett fielen. Sie bewegte die Maus, bis der Bildschirm wieder hell wurde und erblickte das Dokument. Es war das Einzige auf dem Desktop. Das Einzige in ihrem Kopf. Sie zog es in Richtung des Papierkorbs und starrte auf den Mauszeiger.

Wut, dachte sie, ich bin wütend. Ihre freie Hand zitterte. Sie schreckte zurück, vor dem Abgrund, der sich in ihr auftat. Flüche, radikale Maßnahmen, Ausbrüche mit ungewissen Folgen. War das wirklich sie?

Das ist Frida, dachte Leah.

Das Dokument verharrte sekundenlang über dem Abbild einer Mülltonne, bevor sie es zurück an seinen ursprünglichen Platz schob. Du bist nicht Frida, erinnerte sie sich. Die eigenen Emotionen überraschten sie. Erleichterung über einen verhinderten Fehler mischte sich mit der bereits vorhandenen Wut und formte etwas Neues. Determination.

War es besser, die Geschichte jetzt abzubrechen und sich den Schmerz zu ersparen, oder sollte sie sich durchquälen, um sie abhaken zu können? Leahs Haut kribbelte. Die verbundenen Handflächen schmerzten nicht mehr, doch sie spürte, wo die Tasse sich in die Haut gebrannt hatte.

Sie würde die Geschichte beenden, um sie danach für immer aus ihrem Kopf zu verbannen. Es war der einzige Weg. Der einzige Weg, der funktionieren würde. Nur, wie sollte sie das tun? Musste sie wirklich die Tore öffnen, für alle Gefühle und

Erinnerungen, um Max zu verjagen? Oder musste sie nur eine Tür öffnen? Die zur Wohnung nebenan.

Unsicher stand sie auf und lief hin und her, den Blick auf die Wand zwischen ihr und der Nachbarswohnung gerichtet.

»Was soll ich tun?«, fragte sie schließlich. Der Klang ihrer Stimme hallte im Raum und in ihrem Kopf. Es kam keine Antwort. Natürlich nicht. Trotzdem fühlte sie sich besser, nachdem sie es laut ausgesprochen hatte. Vielleicht musste sie sich nur eingestehen, wie verloren sie war, um die Lösung zu finden?

Konnte es wirklich so einfach sein?

»Hilf mir.« Ein Wispern, nicht mehr, kam aus ihrem Mund gekrochen wie ein flüchtiger Gedanke. Ein Lufthauch, der sofort wieder verschwand.

Ihr Ruf nach Hilfe war da und dann war er fort und sie war noch immer dieselbe.

Und doch war danach alles anders. Denn jetzt waren ihre Gedanken still. Leah konnte nicht mehr schreiben. Sie hörte auf zu zählen, wie oft am Tag sie sich vor den Computer setzte und versuchte weiterzuschreiben. Ihr fehlten die Worte, Taten, die Figuren. In ihrem Kopf war alles zu einem großen Ball verklebt. Dieser rollte schwer von einer Seite ihres Bewusstseins zur anderen.

Leah hielt es nicht mehr aus in der Wohnung. Die Wände rückten näher und schubsten sie herum wie den Ball in ihrem Kopf. Sie floh. Jetzt war ihr egal, ob jemand sie sah. Ob ihre Nachbarn wieder redeten. Sie musste hier raus.

Der Wald, ihr vertrauter Wald, war immer für sie da, wenn es ihr schlecht ging. Es gab Tage, an denen sie ohne ihn nicht hätte überleben können. Er empfing sie ruhig und besonnen, er urteilte nicht. Vor allem aber hatte er ihr beigebracht, es ihm gleich zu tun. Er hatte ihr seinen Herzschlag geliehen, wann immer sie ihren verloren hatte.

Sie sah die Grenze zwischen Feld und Wald vor sich und wusste sofort, dass etwas nicht stimmte. Es kam näher. Sie grüßte den Wald, doch der schwieg sie an. Verschloss sich ihr. Ignorierte sie.

Nein!

Tränen stiegen in Leahs Augen auf, als sie vor ihrem alten Freund stand und ins Nichts starrte. Der Wald war noch da, doch fehlte ihm die Seele. In der Ferne hörte sie das Geräusch von Motorsägen.

Sie erinnerte sich nicht, wann sie das letzte Mal geweint hatte. Es musste lange her sein. Die Tränen kamen. Ein Bild schlich sich in ihre Trauer. Ein Bild von jemandem mit einem warmen Lächeln und braunen Locken und blitzenden blauen Augen. Jemand, der fort war.

Leah drehte sich um und begann zu rennen.

Das Bild verschwand nicht. Es fuhr scharfe Klingen und Krallen aus, kratzte sich frei, wann immer sie es abdecken wollte. Egal wie sehr sie bat und bettelte und zitterte und bebte

– die Erinnerung klebte an ihr wie ein Duft, so lieblich süß, dass er einen Würgereflex hervorrief.

Sie blieb keuchend stehen, das Seitenstechen erinnerte sie schmerzhaft, dass sie zu selten Sport machte. Leah beugte sich vor. Das Gefühl, sich übergeben zu müssen, war zu stark. Sie hatte es beinahe über das Feld geschafft. Das Geräusch der Sägen drang noch immer zu ihr herüber, wenn auch leiser und weniger bedrohlich.

Sie war es nicht, die davon bedroht wurde. Sondern ihr bester Freund. Ihr einziger Freund. Alles, was sie hatte.

Was würde Frida tun?

Der Name schnitt durch ihre Gedanken wie ein Messer. Oder eine Säge.

Leah schüttelte den Kopf und wollte weiterrennen, doch ihre Beine knickten unter ihr zusammen. Verrat. Betrug des eigenen Körpers. Sie konnte nicht weiter, verdammt dazu, den Sägen bei ihrem grausamen Werk zuzuhören. Mitzuerleben, wie ihr ein Stück ihres Herzens herausgerissen wurde.

Sie lag auf dem Feld und blickte zum Wald zurück, von dem vereinzelt dunkle Wolken aufstiegen. Leah konnte nicht erkennen, ob es tatsächlich Rauch oder ob es Holzstaub war. Wie gelähmt betrachtete sie den Untergang ihres geliebten Waldes und in gewisser Weise auch ihren eigenen. Frida würde jetzt aufstehen und den Wald verteidigen. Frida könnte das. Du bist es nicht wert, sie zu sein. Sie ist aktiv und rennt gerne und ist nicht so unfassbar nutzlos wie du. Sie kann sich wehren. Was kannst du?

Erneut stiegen ihr Tränen in die Augen. Hatte sie überhaupt

aufgehört zu weinen? Wie lange lag sie schon hier? Und wie konnte es sein, dass ihr die Zeit so entrann? Sie versuchte aufzustehen und war überrascht, als es ihr gelang. Ohne einen weiteren Blick auf den Wald zu werfen, machte sie sich auf den Heimweg.

Es wurde bereits dunkel, die Laternen links und rechts der Straße sprangen mit einem leichten Surren an. Ohne darüber nachzudenken, schlug Leah einen Weg ein, den sie noch nie gegangen war. An ihrem Haus vorbei, in Richtung des Stadtkerns. Sie wurde langsamer und atmete tief den Duft des Spätsommers in der Stadt ein.

Städte hatten nachts ein anderes Flair.

Es war still und doch bewegt, so wie sie ihre Umgebung am liebsten hatte. Es erinnerte sie an bessere Tage, auch wenn sie sich nicht erlaubte, an diese Tage zu denken.

Man war Mensch unter anderen Menschen. Aber wenn man unter jenen wandelte, die ebenfalls zu so später Stunde unterwegs waren, wusste jeder über die anderen etwas besser Bescheid. Da gab es die nachts Arbeitenden und die, deren Spätschicht gerade zu Ende war. Junge Leute die ausgingen, Mittellose auf der Suche nach Pfand und jene, die einfach nicht schlafen konnten.

Zu welcher Gruppe gehörte sie wohl? In welche Sparte ordneten die Anderen sie ein? Leah wusste, sie war eine Suchende. Nicht auf der Suche nach Plastikflaschen oder Spaß, sondern nach mehr. Vielleicht suchte sie ja genau danach? Nach einer Antwort darauf, wer sie selbst war.

Der Tag, an dem Frida starb, war ein seltsamer. Es regnete zum ersten Mal, seit Leah angefangen hatte an der Geschichte zu schreiben. Das Rauschen drang durch das offene Fenster und begleitete Frida, die zu hoch geträumt hatte und gefallen war. Max war nicht bei ihr. Er war wieder allein und Leah tat es leid um ihn. Es tat ihr auch leid um Frida. Auch, wenn sie schon lange gewusst hatte, dass es so kommen musste. Frida konnte nicht in ihrer Welt existieren. Sie war zu groß für ihr Leben.

Sie starb, während Leah leben durfte. Ihr einsames, schlichtes Leben ohne viel Aufregung. Und ohne Max. Nun haben ich und Frida doch etwas gemeinsam, dachte sie mit bitterem Beigeschmack. Die Gedanken schmeckten wie Blei und schwer lagen sie ihr auf der Zunge. Wenn Frida in ihrer Welt stirbt und Max lebt, heißt das dann, Max muss in der realen Welt sterben? Sie schluckte den Geschmack hinunter. Ihr Nachbar hatte hier nie gelebt. War nie real gewesen. Ein Hirngespinst.

War Frida in der Geschichte genau das für Max? Bloß ein Hirngespinst, um ihn dazu zu bringen, aus seiner Schale zu kriechen? Was, wenn der reale Max genau das für sie sein sollte? Ein Grund, sich aus der Komfortzone zu bewegen. Oder wenn sie das für ihn tun könnte. Gemeinsam gegen die Einsamkeit und die Angst.

Leah fand sich vor der Nachbarstür wieder, bereit zu klopfen.

Und dann war sie im Wald und erzählte den Bäumen von all ihren Problemen. Nur dass der Wald nicht mehr da sein sollte. Sie erkannte es erst, als sie schon länger zwischen dunklen Wurzeln und nassem Moos saß: Es roch nach feuchtem Holz! Ein Geruch, den sie wie kaum etwas anderes lieben gelernt hatte. Ein Geruch, der vor einigen Tagen fortgewischt worden war, als die Männer mit den Sägen ihr den Wald genommen hatten.

Ihr wurde schwindelig. Sie erhob sich und tastete die Rinde des Baumes ab, an den sie sich gerade noch gelehnt hatte. Prüfend, akribisch, nach Schwachstellen suchend. War er wirklich da? Das Holz fühlte sich warm an, fast wie Haut unter ihrer

Berührung. Sie schauderte, als sich eine Erinnerung ankündigte. Nein, dachte sie. Nicht jetzt. Nicht, wenn sie damit konfrontiert wurde, dass ihr Wald noch da war. Trotz der Sägen. Trotz des Lärmes. Sie schüttelte den Kopf und die Erinnerung war fort.

Dabei wusste Leah, dass sie sie nur aufschieben konnte. Früher oder später kamen alle Erinnerungen zurück und dann wurde sie von ihnen übermannt. Es war ihr heute egal. Der Wald war wichtiger. Warum war er wieder da? Und warum antwortete er ihr nun, aber nicht an dem Tag, an dem sie ihn so dringend gebraucht hatte?

Angst kroch langsam durch ihr Bewusstsein. Sie hob zwei Finger, den Zeige- und den Mittelfinger, und tastete nach der Halsschlagader. Ihr Herzschlag pulsierte beruhigend unter den Fingern, überzeugte sie davon, dass sie am Leben war.

Der Wald wisperte und für einen Moment fühlte sie sich verhöhnt.

Sie erschrak. Kettensägen kreischten und raubten ihr die Luft zum Atmen. Leah sank nieder, das Surren und Rattern wurde lauter, kam näher, erfüllte alles um sie herum. Wehrlos war sie ihm ausgeliefert. Die Bäume raschelten stumm. Entweder das, oder der aggressive Lärm zwischen den Stämmen war stärker als sie.

Es ebbte ab. Leah rappelte sich auf und hastete durch das Unterholz. Jede Richtung erschien gleich und doch einzigartig. Jeder Weg versperrt oder undurchdringlich. Ein Kreis aus Bäumen und schrillen Grüntönen und dem wieder lauter werdenden Brummen der Sägen. Vor ihr tat sich eine Lücke auf. Leah nahm das Angebot des Waldes dankend an und fand sich auf offenem

Feld wieder. Die Sägen waren stumm, aber sie rannte trotzdem. In ihrem Schädel ratterte es.

Sie erreichte die Straße, bog zweimal ab und war kurz darauf Zuhause. Vor der Haustür saß eine Katze und musterte sie anklagend. Es war Frau Strehles Katze. Leah wusste nicht, wie sie auf ihren Blick reagieren sollte. Sie war nie sonderlich gut darin gewesen, Haustiere zu bespaßen. Oder Kinder. Oder Erwachsene. Oder sich selbst.

Sie würgte ein unangenehmes Kribbeln in ihrer Kehle hinunter und konzentrierte sich auf das Bündel Fell vor sich, das an dem Holz der Tür kratzte. Sollte sie sie ins Haus lassen? Jemand kam ihr zuvor und öffnete von innen. Es war Eliah. Verärgert sah er der Katze nach, die erschrocken davonlief.

»Hey! Alles in Ordnung?« Sie wusste nicht, woher sie die Energie für eine Unterhaltung nahm. Nach allem, was sie heute durchgemacht hatte, wollte sie eigentlich nur noch nach Hause, doch Eliah sah tatsächlich noch fertiger aus als sie.

»Nein.« Er war ehrlich und sie respektierte das. Auch wenn ihr eine Lüge lieber gewesen wäre. Die Wahrheit war nicht so nett, auf die Gefühle anderer zu achten. Lügen schon.

»Was ist los?« Sie musste sich zwingen, nicht zu lächeln. Falsches Protokoll, ermahnte sie sich. Warum war der Umgang mit Menschen so kompliziert?

»Frau Strehle ist tot.«

Die Worte trafen sie unvorbereitet. Wie Hagel prasselten sie auf sie ein, hart und unnachgiebig.

»Was?« Ihre Angst verschwamm mit dem Hintergrundrauschen und für einige kostbare Sekunden war sie einfach Mensch.

»Herzinfarkt vermutlich.« Eliah sah wirklich schlimm aus. Blass und zitternd. Er erinnerte an sie selbst, wann immer sie unter Leute musste. Sie verbannte die Gedanken aus dem Moment. Über solche Dinge konnte sie sich den Kopf zerbrechen, wenn es nicht gerade um ihre tote Nachbarin ging.

»Die Freiwillige von der Organisation, die ihr immer das Essen bringt, hat sie gefunden. Sie war aber vermutlich schon länger tot.« Er schluckte hörbar. Sein Adamsapfel hüpfte auf und ab wie Leahs Herz, als sie darüber nachdachte, für mehrere Tage neben einer Leiche gelebt zu haben. Sie spürte ihren Puls, das Blut rauschte in ihren Ohren und Leah war unendlich dankbar, am Leben zu sein.

Eliah schien ihre plötzliche Lebenseuphorie nicht zu teilen, also behielt sie sie für sich. Vorerst. Es kam nicht jeden Tag vor, dass sie glücklich war, und sie würde das Gefühl nicht ewig unterdrücken können. Aber nun gab es andere Prioritäten. Die Katze zum Beispiel. Das arme Tier war zurückgekehrt und kauerte still an der Tür. Leah fragte sich, wie es die furchtbare Frau Strehle so lieben konnte. Auch Eliah wirkte mitgenommen, dabei hatte er ihre Nachbarin ebenso verabscheut wie Leah. Zumindest ging sie davon aus. Waren alle einfach bessere Schauspieler als sie? Wurden einer Person nach ihrem Tod einfach alle negativen Eigenschaften abgesprochen?

Ich bin ein offenes Buch, dachte sie. Alles Gute und Schlechte in mir ist von außen sichtbar. Wenn ich sterbe, soll das so bleiben. Ich bin ein offenes Buch. Sie ignorierte die Stimme in ihrem Kopf, die raunte, sie sei wohl eher ein zerbrochener Spiegel.

Leah fühlte sich unpassend zwischen all der Trauer und dem

Tod. Besonders, als die lebendige Version einer Leiche, Herr Hofer, die Treppe hinunterkam und ihr in den Nacken atmete. Die Stimme in Leahs Kopf fragte sich, ob sie besser als Frau Strehle war, wo sie doch jeden im Haus permanent verurteilte. Doch Leah schob sie beiseite. Sie hatte nicht die Nerven, sich mit ihrem eigenen Charakter auseinanderzusetzen. Wann hatte man die schon?

Am Abend konnte Leah nicht schreiben. Sie hatte gedacht, dass der schreckliche Ausflug in den Wald ihr neue Wörter schenken würde. Nun saß sie vor einem dreimal angefangenen und wieder abgebrochenen Satz und wusste nicht weiter. Eine Bodendiele knarzte. Das Fenster klapperte. Sie stand auf und begann ihre Küche zu putzen. Dann das Wohnzimmer. Zum Bad kam sie nicht, ihr Magen knurrte.

Nachdem sie gegessen hatte, putzte sie die Küche ein zweites Mal. Der Tag streckte sich ins Unendliche. Sie war noch nicht müde genug zum Schlafen, wollte aber nicht mehr herumsitzen. Ihr Blick streifte durch das Schlafzimmer. Sie versuchte zu vermeiden, die Wand zur Nachbarswohnung anzusehen. Es gelang ihr nicht. Sie versuchte dieselbe Taktik wie bei ihrem Handy. Wenn sie sich lange genug einredete, es sei eine normale Wand, musste sie nicht darüber nachdenken, was wirklich hinter ihr lag. Der Wand war es natürlich vollkommen egal, dass Leah es lange Zeit sehr erfolgreich geschafft hatte, sie zu ignorieren.

Leah seufzte. Sie verspürte den Drang, sich bei einer Hauswand zu entschuldigen. Was geschah nur mit ihr?

Sie starrte ins Nichts, bis ihr das Nichts zu langweilig wurde. Dann starrte sie doch die Wand an. Diese nahm ihren Sieg schweigend entgegen. Leah verlor irgendwo zwischen zwei Herzschlägen das Zeitgefühl und plötzlich war sie im Wald. Oder in dem, was von ihm übrig geblieben war: Eine Leichenschau! Verbrannt, verkohlt, zersägt, zerschnitten und niedergerungen lagen die Bäume vor ihr. Leah hatte keine Tränen übrig. Sie vermutete, dass sie träumte. Wie sonst konnte dies sein? Aber sie vertraute sich selbst nicht mehr. Die Realität hatte ihre Glaubwürdigkeit verloren.

In der Ferne stieg Qualm zwischen einigen schwarzen Ästen auf. Sie stand auf einem Schlachtfeld, das war ihr bewusst, doch wessen Schlacht wurde hier geschlagen? Die des Waldes?

Ihr war nie aufgefallen, dass keine Tiere im Wald zu leben schienen. Zwischen den Resten fanden sich nur Holz und Fasern. Sie erinnerte sich an den Bach, aber nie an Vogelgesang. Keine Rehe, Wildschweine, nein, nicht einmal Käfer oder Ameisen. Es war angenehm, sich im Wald bewegen zu können, ohne auf Krabbeltiere zu treffen. Doch Natur und Sterilität passten nicht zusammen. Ein Wald ohne Bewohner, was war das schon? Eine leere Hülle.

Etwas in ihr schmerzte, doch sie konnte nicht bestimmen, was es war. Gerne hätte sie sich gesagt, es sei Weltschmerz oder etwas ähnlich Poetisches. Aber wenn sie ehrlich mit sich sein wollte, musste sie sich eingestehen, dass es eine Ansammlung an Realisationen war. Dass sie eigentlich genauso verurteilend war wie ihre Nachbarin. Dass sie vermutlich kaputt war, oder verrückt wurde. Oder beides. Dass sie nichts konnte, außer viel zu viel nachzudenken. Dass sie eigentlich schon lange ebenso tot war wie der Wald. Von außen belebt und funktional, doch wenn man darauf achtete, war das Innere schon lange verlassen und verrottet. Sie hasste es, ehrlich mit sich zu sein.

Leah wollte aufwachen. Es gelang ihr nicht. Zwischen den gefallenen Stämmen erklang das Echo der Sägen, wie eine Mahnwache für ihren Tod. Sie wusste nicht, ob es daran lag, dass sie einfach nur noch müde von allem war, doch das Geräusch der Sägen wurde in ihren Ohren zum Lachen von Frau Strehle.

Es dauerte eine Weile, bis sie endlich wieder dazu in der Lage war das Dokument zu öffnen. Leah sah lange ins Nichts und beschloss dann, das letzte Kapitel zu löschen. Und Frida war wieder da. Sie lachte so unbeschwert wie zuvor, als wäre ihr Tod nie geschehen. Leah wünschte sich, sie könnte auch so sein. Einfach so tun, als würden die Dinge um sie herum nicht geschehen, und weitermachen wie bisher auch.

Es war Max, der sie eines Besseren belehrte. Denn Max hatte sich verändert. Es war, als würde ihr Tod an ihm kleben. Aus einer fröhlichen, unbeschwerten Beziehung wurden Kälte und Abneigung. Max fragte sich einige Seiten später, ob es nicht besser wäre, wenn Frida einfach fortgegangen wäre, und Leah dachte lange über diese Reaktion nach. Er bereute es, so gedacht zu haben, aber Leah verstand ihn. Es klang makaber. Was Max für die Liebe seines Lebens gehalten hatte, stellte sich nun als Einbahnstraße heraus. Und das nur, weil er sie in einer anderen Welt sterben sah und bemerkte, dass er auch ohne sie leben konnte. Vielleicht war es das Beste für Max, wenn er fortan ohne Frida sein Leben lebte. Sie hatte ihm gezeigt wie man flog und nun musste er allein losziehen.

Leah speicherte das Kapitel nicht, bevor sie den Computer ausschaltete. Es gefiel ihr nicht. Alles bewegte sich in die falsche Richtung. Wie lange kann eine Beziehung gut gehen, wenn eine Partei so völlig abhängig von der anderen ist? Es lief entweder auf Trennung hinaus oder es zerstörte die abhängige Person. Beides wollte Leah nicht für Max. Frida war ihr mittlerweile relativ egal, auch wenn sie es nicht vor sich selbst zugeben wollte. Eigentlich war Frida schon immer ziemlich unwichtig gewesen. Ein Mittel zum Zweck.

Angeekelt von ihren eigenen Gedanken, ging Leah duschen. Sie saß auf dem Boden der Dusche unter kochend heißem Wasser, bis sie glaubte, sich die Haut von den Knochen pulen zu können. Vielleicht brauchte sie das. Eine neue Haut, einen Neubeginn. Oder einfach die Restmüllentsorgung von allem, was sie momentan war.

Als sie aus der Dusche kam, vibrierte ihr Handy. Sie spürte ihre Hände kaum, als sie danach griff. Die Zahlen auf dem Display verdrehten ihr den Magen und dann alles um sie herum. Sie sank auf den Boden, zwei Finger an der Schlagader. Ihr Puls war schwach. Der Kreislauf kippt, wenn man zu lange in heißem Wasser verweilt, dachte sie sich. Ihre Augen waren noch immer auf den kleinen, erleuchteten Bildschirm vor ihr geheftet.

239 Nachrichten, 98 verpasste Anrufe, so viele E-Mails, dass es nicht einmal mehr angezeigt wurde und ein Datum in der oberen, rechten Ecke, welches absolut keinen Sinn ergab.

Ihr Vater stand vor ihrer Tür, das war Leah bewusst. Sie hörte das Klopfen und Rütteln. Sie hörte auch die Rufe.

»Frida? Frida mach auf!«

Leah hielt sich die Ohren zu. Es ist nicht real. Sie flüsterte es vor sich hin, bis sie es glaubte. Aber dieser Trick funktionierte nicht mehr.

Frida, hallte es durch ihren Kopf. Wieso nennt er mich Frida? Sie spürte, wie die Realität um sie herum begann sich aufzulösen. Es knackte und knisterte, bröselte auseinander. Aus Rissen wurden Schluchten. Es regnete Realitätsscherben und sie hatte ihren Schirm nicht bei sich.

Max.

Er war Rettungsleine und Hammer zugleich. Erst zerschlug er ihre Welt und dann half er ihr, nicht in den Schmerzen zu ertrinken.

»Frida!«

Sie fasste sich an den Kopf. Es war ein Traum, genau wie der Wald zuvor. Es konnte nicht real sein. Sie wusste nicht einmal mehr, was nicht mehr real sein konnte. Einfach alles, dachte sie. Gleich wache ich auf und es ist alles wie immer und ich habe keinen neuen Nachbarn und keine Geschichte und habe nicht Monate meines Lebens verloren und der Wald ist voll Leben und ich schüttle über meine eigene Fantasie den Kopf, während ich Frau Strehle beim Lachen zuhöre und mir einen Tee mache.

»Frida!«

Und dann gehe ich in den Wald und erzähle ihm von dem Traum. Und er wird zuhören und alles wird so sein wie früher. Alles wird wieder normal. Alles.

»Frida, mach auf! Bitte!« Die Stimme an der Tür klang flehend und schmerzhaft bekannt. Ihr Vater. Aber war er es wirklich?

Oder würde sie nach dem Öffnen nur wieder den Wald finden, der sie verhöhnt. Oder die Sägen sehen? Was, wenn Max dort stand? Sie riss die Augen auf und starrte auf den Boden zwischen ihren angewinkelten Beinen.

Max. Wieso sollte er dort stehen. Leah war sich mittlerweile nicht mehr sicher, ob sie überhaupt einen Nachbarn hatte. Nichts schien mehr Sinn zu geben. Wieso sollte das Detail real sein, mit dem alles begonnen hatte? Der Gedanke traf sie wie ein Blitz. Mit dem Nachbarn hatte alles angefangen. Er war der Auslöser oder die Lösung. Im besten Fall beides. Sie musste zu ihm, sich ihm stellen.

Das Klopfen stoppte und sie hörte, wie jemand die Treppe hinunterstapfte. Es musste die Lösung sein. Sonst hätte ihr Vater, oder wer auch immer vor der Tür gestanden hatte, nicht genau jetzt aufgegeben. Sie wollte sich aus der Fötushaltung lösen, in der sie das Klopfen ausgeharrt hatte. Aber der Gedanke daran, dem Nachbarn gegenüberzustehen, ließ sie nach Luft schnappen. Luft, die um sie herum fehlte. Sie wollte in den Wald zurück, doch die Idee ihm gegenüberzustehen machte ihr Angst. Wenn sie aber zu lange wartete, würde das Klopfen zurückkommen und sie wusste nicht, wie lange sie es ertragen konnte, Frida genannt zu werden.

Es nahm ihr alle verbleibende Kraft, aufzustehen und zur Tür zu gehen. Sie starrte auf das helle Holz und das Holz tat nichts. Die Tür war einfach nur eine Tür. Ein Tor zwischen zwei Welten, innen und außen. Die Realität war um einiges weniger magisch als die Beschreibung, die sich in ihrem Kopf geformt hatte. Die Tür schwang auf und hinter ihr lag derselbe Hausflur wie die vergangenen drei Jahre. Sie atmete auf. Leah fiel auf, wie lange sie die Luft angehalten hatte. Sie wehrte sich dagegen, erneut ihren Puls zu überprüfen. Ihre Ängste nahmen überhand, wie ein alter Instinkt. Das, was sie immer an sich gehasst hatte, rettete sie nun. Sie wurde still, ihr Herzschlag langsamer. Andere könnten sie sehen. Das stand über allem anderen.

Die Tür des Nachbarn übte eine ihr bisher ungekannte Ablehnung auf sie aus. Leah fragte sich, ob das Holz der Tür aus einem Wald kam und sie ebenfalls verhöhnen würde. Es war still um sie herum. Das Holz hatte keine Antworten für sie. Leah wusste nicht, ob sie das gut oder schlecht fand. Sie streckte die Hand aus und fast schien sie ihr eins mit der Tür zu werden. Maserungen formten sich auf ihrer Haut, Äste sprangen zwischen ihren Fingern empor, Geschichten, Schmerz. Sie erinnerte sich an die Sägen. Bäume werden gefällt, was geschieht mit dir? Sie schloss die Augen und klopfte.

Nichts geschah. Ihre Knöchel waren von weißer, gespannter Haut überzogen. Sie erinnerte sich an das Gefühl in der Dusche. Alles war rot gewesen, fast geschwollen. Es hatte gebrannt, doch sie hatte sich lange nicht mehr so rein gefühlt. Jetzt war das Gefühl wieder fort und sie wieder nackt. Kein Lippenstift der Welt würde dies jemals abdecken können. Die Tür lag stumm vor ihr, der Flur war leer. Sie fühlte sich wie im Wald. Alles war leer, tot, abgestorben und hohl. Ein Rascheln ertönte. Noch könnte sie einfach wieder gehen. Zurück in ihre Wohnung, oder den Wald, oder einfach laufen, bis sie nicht mehr konnte, und dann noch ein Stückchen weiter.

Aber sie blieb. Sie hatte ihre Wurzeln hier geschlagen, in der

Sekunde, in der sie das Namensschild an der Klingel der Nachbarswohnung gesucht hatte. Max. Ein Name, eine Erinnerung. Und Frida, eine bessere Version von ihr, die sie vernichtet hatte. Sie war, was blieb. Sie und diese Tür vor ihr, hinter der es nun raschelte. Sie konnte die Spannung in der Luft schmecken. Alles um sie herum war aufgeladen, als würde sich gleich aus dem Nichts ein Blitz formen und all die aufgeschobenen Gedanken und Emotionen entladen. Leah fragte sich, wie laut der Donner danach grollen würde. Und ob sie ihn überhaupt noch zu hören bekäme. »Frida«, sie hörte das Flüstern, erkannte die Stimme, »du musst damit aufhören, Frida.« War das schon der Donner? Oder war es das leise Rauschen von Blättern im Wind, kurz bevor der Sturm begann zu grollen. Bevor der Regen kam. Und der Hagel. Leah mochte den Regen. Mit jedem Tropfen, der auf ihrer Haut aufkam, fühlte sie sich lebendiger. Nadelstiche, kleine brennende Punkte auf jeder freien Fläche. Therapie für jene, die zu fühlen verlernt hatten.

Die Tür schwang auf.

Leahs Hände zitterten, ihr Herz tat es ihnen gleich. Eine junge Frau erschien vor ihr, sie sah müde aus und dunkle Schatten gruben sich unter ihren Augen in das blasse Gesicht. Ihr Mund war dünn und glänzte rot im Dämmerlicht. Leah wich zurück. Die Frau ebenso. Als sie die Hand ausstreckte, traf sie kaltes Glas. Mit aufgerissenen Augen starrte sie ihr Spiegelbild an.

Es war Eliah, der sie fand. Er war nass vom Regen und Leah konnte die Natur an ihm riechen. Sie sah nicht auf, erkannte ihn jedoch daran, dass er nicht nach Tod roch. Alles roch nach Tod in diesem Haus. Eliah war die Frische, die durch das Fenster wehte und guttat, auch wenn sie Blätterstapel vom Tisch fegte. Er fasste sie nicht an, sondern blieb vor ihr stehen. Leah dankte ihm in Gedanken. Er war so voller Respekt und Lebensfreude. Eine seltene Mischung.

»Frida?« Seine Stimme klang verbraucht. Es passte nicht. Es stimmte nicht. Sie sah auf.

Dunkle Haare durchzogen von weißen Streifen. Falten. Erblasster Glanz vergangener Lebenszeit in Augen, die einst heller als die Sterne gewesen waren. Gelbe Zähne in einem verfaulenden Mund. Alles verfaulte. Sie konnte nur starren.

»Ist alles okay?« Sein Mund war derart zerknittert, dass es aussah, als hätte er Risse. Der Spiegel hinter ihr zerbarst. Regenbogenleuchtende Scherben, die kleine Teile der Welt in sich auffingen, doch das Große und Ganze verloren hatten. Leah starrte ihn nicht länger an und raffte sich auf, nicht mehr in der Lage dazu, Eliah auch nur anzusehen. Sie drehte sich um, eine Türe hinter sich erwartend, in deren Rahmen die Reste des Spiegels hingen, doch ihre Erwartungen trafen auf eine bloße Wand.

Wie in Trance hob sie ihre Hand, die Hauswand war rau und kalt. Zwei Türen. Ihre und die der Nachbarin. Im Haus gab es vier Wohnungen. Sie erinnerte sich. An was genau, war ihr nicht ganz klar. Sie stolperte rückwärts bis sie Eliah hinter sich fühlte. Tod. Verrottetes Fleisch. Jemand hatte ihm die Zeit gestohlen.

Sie sah auf ihre eigenen Hände und schluchzte fast, als sie sah, dass sie aussahen wie immer. Es war unfair.

Als sie aus dem Haus stürmte, konnte Leah die Blicke von Eliah in ihrem Rücken fühlen. Wie überlange Finger, die nach ihr griffen, sie zurückzerrten, ihr eine Erklärung abverlangten und dabei nicht bemerkten, dass sie sie würgten. Sie rannte. Ein bekanntes Gefühl, dieses Weglaufen. In der Ferne konnte sie das Feld erkennen. Es war groß. Zu groß.

Sie stand inmitten der Leere und massierte sich die Schläfen. Wald. Kein Wald. Vater. Kein Vater. Tür. Keine Tür. Nachbar. Kein Nachbar. Sie schüttelte den Kopf, doch die Gedanken hatten genug davon, fortgeschoben zu werden.

»Nicht jetzt!«, schrie sie, ohne sicher zu sein, ob außer ihr jemand die Laute verstand. Ihre Sprache entwirrte sich, wurde zu einem langen Faden, der fortwährend aus ihrem Mund gerissen wurde. Wer stand am anderen Ende und zog an ihren Worten? Das Gesicht von Max erschien. Seine braunen Locken, die Augen, das Lächeln. Verwischt, surreal.

»Wer bist du?« Sie fragte in das Nichts hinein und die Welt antwortete ihr.

Ihre Finger tobten über die Tastatur, bis sie das Wort »Ende« eintippte und atemlos im Stuhl zusammensank. Die Erinnerung daran, was sie geschrieben hatte, verwehrte sich ihr. Ihre Augen versagten den Dienst. Alles verschwamm. Sie wischte sich über das Gesicht und bemerkte, dass sie weinte. Leah fühlte sich, als hätte sie jemand ausgeräumt und leergefegt. Ein Umzug, eine Wohnung, die für den nächsten Mieter fertig gemacht wurde.

Frida wusste, dass etwas falsch war, als sie die kühle, abgedunkelte Wohnung betrat. Die Rollläden waren heruntergelassen, so wie sie es immer waren, wenn der Sommer sich in den Herbst schlich, und einen oder zwei Tage für sich beanspruchte.

Es war zu still.

Max war schon immer still gewesen, erfüllte jedoch jeden Raum mit Leben, wenn er da war.

»Max?« Sie ließ ihre Schlüssel klirrend in die Glasschale neben der Tür fallen und zog ihre Jacke aus. Es kam keine Antwort.

Vielleicht hat er Kopfhörer auf und arbeitet, sagte sie sich. Ein ungutes Gefühl breitete sich aus.

»Max!« Sie versuchte es erneut, diesmal energischer.

Zu still. Wieso war es so still?

Sie arbeitete sich durch die einzelnen Räume, das Schlafzimmer vermeidend, als wüsste sie bereits, was sie hinter der Tür erwartete. Sie erinnerte sich an den Tag, als sie Max getroffen hatte. Er war aus seiner Wohnung gekommen, hatte sie gesehen und war sogleich wieder umgekehrt. Sie hatte sich später vorgestellt. Er fürchtete Fremde.

Max hatte Angst vor vielem. Aber nicht vor ihr.

Die Küche war leer. Aus den Augenwinkeln heraus blieb ihr Blick an der Wand zum Schlafzimmer kleben. Sie wanderte weiter zum Bad.

Er ist einkaufen gegangen. Oder bei seinen Eltern.

Das Bad war leer.

Er ist im Wald. Er ist gerne im Wald.

Sie näherte sich der Schlafzimmertür und sein Lachen hallte durch ihren Kopf. Sein breites Grinsen, welches sie so besonders fühlen ließ. Weil sie es sich verdienen musste.

Leben und am Leben sein, sie erinnerte sich an seine Worte. Ihre Hände zitterten. Sie sah sich selbst im Spiegel neben der Tür. Sie sah ungewohnt müde aus. In ihrem Blick lag Angst.

Warum hast du Angst? Das Zimmer wird leer sein.

Sie hörte sich beim Denken zu. Versuchte Ausreden zu finden, um nicht in das Zimmer zu gehen. Wenn sie nur lange genug auf die Klinke starrte, käme Max nach Hause und sie würden gemeinsam über ihre Dummheit lachen.

Ihre Gedanken wanderten zurück zu seinem Lächeln. Ein Lächeln, das die Welt verändern konnte. Sie hatte diese Formulierung all ihren Freundinnen geschickt. An dem Tag, als sie ihn kennengelernt hatte. Kaum eine von ihnen hatte es jemals gesehen. Max lächelte nur, wenn sie zu zweit waren.

Er war noch immer traurig und einsam. Nichts hatte sich geändert. Man kann Menschen helfen, aber man kann sie nicht reparieren.

Sie spürte das Metall unter ihrer Hand. Die Kälte fraß sich in ihre Hand. Sie konnte die Klinke nicht runterdrücken, konnte aber auch nicht loslassen. Er war nicht da. Er war fort. Draußen. Im Wald. Er war nicht hinter dieser Tür. Er durfte nicht hinter dieser Tür sein.

Frida erschwerte ihren Griff und die Tür schwang auf.

Das Klopfen riss Leah aus der Erinnerung. Ihr Vater? Sie stand auf, zog sich ihre Jacke an und knipste das Licht im Schlafzimmer aus. Die Wand gegenüber der Tür würdigte sie keines Blickes. Es war ein Abschied, doch keiner, den sie lange strecken wollte.

Sie öffnete die Tür ohne zurückzublicken.

Danksagung

Es gibt viele Menschen, denen ich danken möchte, weil Leah ohne sie nicht existieren würde. Das Bild für das Cover wurde mir von der wunderbaren Manuela ohne Gegenleistung zur Verfügung gestellt, weil ich mich in ihr Foto von einer vereisten Pfütze verliebt hatte. Der Satz wurde von dem lieben Karl-Heinz gemacht, der mir angeboten hat diese Novelle zu setzen, damit sie noch schöner wird. Meine Illustratorin Celine und Anna, meine Lektorin, haben direkt erkannt, worum es mir in diesem Buch gehen soll, und auch meine TestleserInnen Wiebke und Karl-Heinz haben Leah so angenommen, wie sie ist.

Die wichtigste Person für die Novelle und mich im Schreibprozess ist ohne Zweifel Julia von Rein-Hrubesch. Ohne dich würde nicht ein einziger Satz dieses Buches existieren und ich hätte niemals den Mut gefunden, zu veröffentlichen. Dieses Buch ist dein, auch wenn es nun alle lesen können.

Ich möchte noch jemanden aufzählen, den ich allerdings nicht nennen kann. Du hast mich daran erinnert, warum ich Leah schreibe und warum sie so ist, wie sie ist.

Schlussendlich möchte ich auch meiner Familie danken. Der angeborenen und der ausgesuchten. Die Welt ist nicht immer ein schöner Ort, aber ihr schafft es immer wieder, mir den Weg zurück ins Licht zu zeigen.